Les éboueurs de l'espace

adapté par Emily Sollinger

basé sur une histoire de Robert Scull

illustré par The Artifact Group

Presses Aventure, une division de
Les Publications Modus Vivendi inc.
55, rue Jean-Talon Ouest, 2e étage
Montréal (Québec) H2R 2W8
Canada

Publié pour la première fois en 2009 par Simon Spotlight sous le titre *The Trash Planet*

Traduit de l'anglais par Andrée Dufault-Jerbi

Dépôt légal : Bibliothèque et Archives nationales du Québec, 2010
Dépôt légal : Bibliothèque et Archives Canada, 2010

ISBN 978-2-89660-132-5

Nous reconnaissons l'aide financière du gouvernement du Canada par l'entremise
du Programme d'aide au développement de l'industrie de l'édition (PADIÉ) pour
nos activités d'édition.

Gouvernement du Québec — Programme de crédit d'impôt pour l'édition de livres —
Gestion SODEC

Imprimé au Canada

« Je suis Capitaine ,
TASHA

responsable de la collecte

des  dans l'espace », dit Tasha.
ORDURES

« Je suis l'éboueur et voici

AUSTIN

l'éboueur .

VICTORIA

Nous nous occupons de repérer

les pour les collecter.
ORDURES

Nous parcourons l'espace à bord

d'un grand », dit 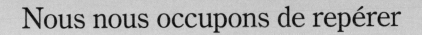 .
VAISSEAU SPATIAL   AUSTIN

« Alerte! Alerte à la collecte ! »

lance l'éboueur  .
AUSTIN

Les lumières se mettent à clignoter.

« Poubelle lance un appel à la
PLANÈTE

collecte, annonce 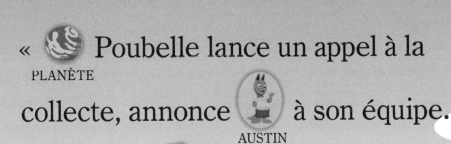 à son équipe.
AUSTIN

À nous, les  ! »
ORDURES

Les éboueurs se déplacent

de  en .
PLANÈTE   PLANÈTE

Ils empilent des tas d'  dans
ORDURES

le compacteur de leur .
CAMION

Bip ! Bip ! « C'est un appel au secours », dit l'éboueur  AUSTIN.

« Nous devons retracer l'endroit d'où il provient », dit Capitaine TASHA, responsable de la collecte des ORDURES.

Toute l'équipe se dématérialise pour

descendre sur la  .
PLANÈTE

et son équipe retracent aussitôt l'appel. Il a été lancé par les extraterrestres et .

TASHA

THÉO   PABLO

Ils sont en train de s'emparer des entassées dans le compacteur

ORDURES

du de !

VAISSEAU   TASHA

Ils transfèrent les  dans
ORDURES

leur propre  !
VAISSEAU

Ils n'ont pas du tout besoin d'aide !

« C'est un coup monté ! »

s'écrie Capitaine .
TASHA

Il est déjà trop tard !

Les extraterrestres et
THÉO   PABLO

s'éloignent à toute vitesse à bord

de leur .
VAISSEAU

« Vive les  ! » lancent-ils.

ORDURES

« Toutes nos 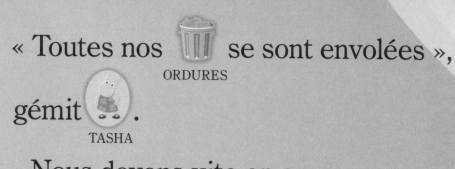 se sont envolées »,

ORDURES

gémit  .

TASHA

« Nous devons vite en amasser

d'autres ! » dit  .

VICTORIA

« Regardez ! Voilà justement une  PLANÈTE

remplie d' ORDURES ! dit AUSTIN .

Mais il faut nous méfier de

ce grand TROU NOIR . »

Bip ! Bip !

Un autre appel à l'aide retentit !

« Les extraterrestres veulent encore

nous jouer un mauvais tour », dit .

TASHA

« Mais l'appel provient cette fois de l'intérieur du , dit l'éboueur .

TROU NOIR

AUSTIN

Quelqu'un y est réellement coincé. »

« Alors, nous allons l'aider ! » lance Capitaine .

TASHA

« Nous avons besoin d' pour
ORDURES

alimenter notre  ! »
VAISSEAU

lance l'extraterrestre .
PABLO

« Alors que nous avons amassé

trop d'  , dit l'éboueur .
ORDURES   VICTORIA

Notre est maintenant
VAISSEAU

trop lourd. »

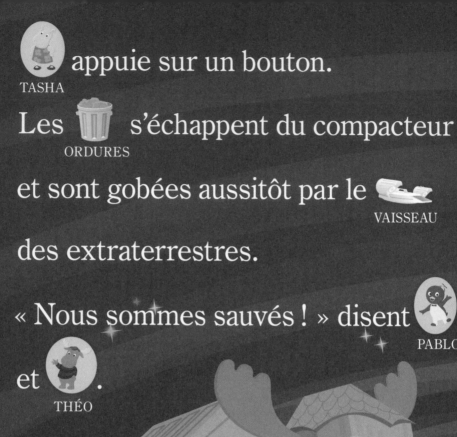 appuie sur un bouton.

Les 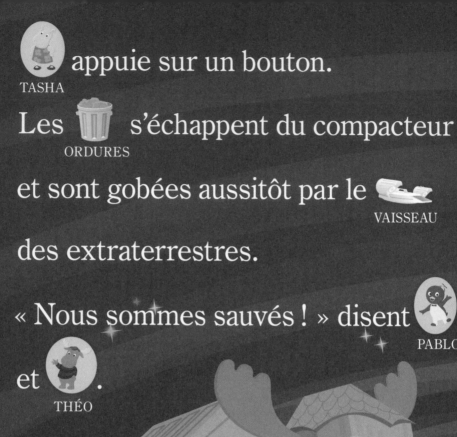 s'échappent du compacteur

et sont gobées aussitôt par le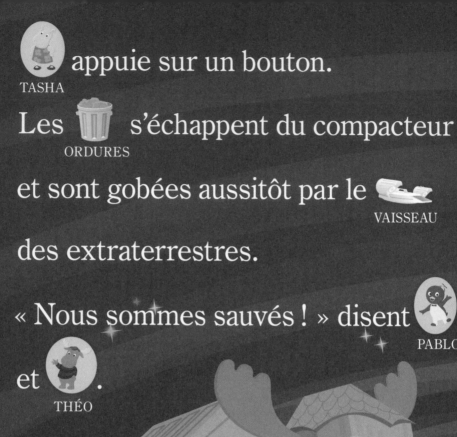

des extraterrestres.

« Nous sommes sauvés ! » disent

et .

Le des extraterrestres tire
VAISSEAU

le de Capitaine
VAISSEAU   TASHA

hors du grand .
TROU NOIR

« Nous sommes sauvés ! » dit .
TASHA

« Quelle magnifique collecte

d' 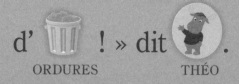 ! » dit 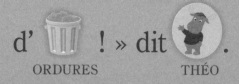.

ORDURES   THÉO

« Qui veut une collation ? »

demande .

TASHA